OBSERVATIONS

DE

DEUX CAS DE TAILLE

PAR

LE PROCÉDÉ BI-LATÉRAL DE DUPUYTREN

MODIFIÉ

EN RAISON DES CIRCONSTANCES EXCEPTIONNELLES QUI ONT ÉTÉ
DÉCOUVERTES SOUS LE COUTEAU.

MÉMOIRE LU A L'ACADÉMIE IMPÉRIALE DE MÉDECINE DE FRANCE, DANS LA SÉANCE DU
24 JUILLET 1855,

PAR CONSTANTIN **CARATHÉODORY**,

DOCTEUR EN MÉDECINE,

MÉDECIN DE S. M. LE SULTAN, PROFESSEUR DE PATHOLOGIE ET DE CLINIQUE EXTERNES
A L'ÉCOLE DE MÉDECINE DE CONSTANTINOPLE.

Suivi du

RAPPORT FAIT A L'ACADÉMIE, DANS SA SÉANCE DU 4 MARS 1856,

PAR UNE COMMISSION COMPOSÉE DE

MM. **HERVEZ DE CHÉGOIN**, **AMUSSAT**, et **SÉGALAS**, rapporteur.

Paris

IMPRIMERIE FÉLIX MALTESTE ET Cie,
RUE DES DEUX-PORTES-SAINT-SAUVEUR, 22.

1856

OBSERVATIONS

DE

DEUX CAS DE TAILLE

PAR

LE PROCÉDÉ BI-LATÉRAL DE DUPUYTREN

MODIFIÉ

EN RAISON DES CIRCONSTANCES EXCEPTIONNELLES QUI ONT ÉTÉ
DÉCOUVERTES SOUS LE COUTEAU.

MESSIEURS,

Deux cas de pierre vésicale présentant des conditions exceptionnelles, l'un sous le rapport du volume
de la pierre, et l'autre à cause des adhérences que
cette dernière avait contractées avec les parois de la
vessie, ont été reçus dans ma clinique, le premier en
1849 et le second dans le courant de l'hiver dernier.
Ces conditions ne pouvaient être appréciées d'avance.
Elles ne furent constatées, que lorsque pendant l'opé
ration (procédé prostatique bi-latéral) on put introduire le doigt dans la vessie. Après des tentatives
infructueuses réitérées (je parle pour le cas de 1849)
qui, en présence de quelques-uns de mes collègues,
ont duré plusieurs minutes, moi ainsi que ces der-

niers, nous avons eu la conviction que l'extraction de la pierre était impossible. Alors, vu les dangers réels auxquels mon malade était exposé, et comme par inspiration, je pris une décision que j'exécutai immédiatement, sans demander même là-dessus l'avis de mes assistants, de peur d'en être détourné, tellement le cas était pressant. Toutes les difficultés disparurent à l'instant, et une pierre ou plutôt deux pierres d'un volume immense ont été extraites avec une grande facilité. Le malade n'eut aucun accident ensuite, et il sortit de l'hôpital parfaitement guéri. Cette même opération a été répétée l'hiver dernier et avec le même succès. Cette fois-ci j'eus la satisfaction de montrer mon malade quelques jours après l'opération à MM. les professeurs Scoutetten et Mounier, et quelques jours plus tard à M. Michel Lévy, lorsque ces Messieurs me firent l'honneur de visiter ma clinique.

La modification apportée au procédé bi-latéral pour les cas compliqués, quelque hasardeuse qu'elle paraisse de prime abord, a de fait été couronnée d'un plein succès deux fois consécutives, et n'a été accompagnée ni suivie d'aucun accident de quelque nature que ce soit. De plus, je suis dans la conviction que pour des cas compliqués et exceptionnels ce procédé serait le seul qui, tout en facilitant la manœuvre pour l'extraction de la pierre, exposerait le malade à moins de dangers. Je crois remplir un devoir en l'exposant au jugement de ce corps savant, tribunal suprême en ces matières, et dont plusieurs membres illustres ont été jadis mes maîtres.

Je passe à l'exposition des faits.

TAILLE PAR LE PROCÉDÉ PROSTATIQUE
DE DUPUYTREN,

MODIFIÉ EN RAISON DU VOLUME ÉNORME DU CALCUL.

Hussein Ibrahim, âgé de 30 ans, des environs de Brousse, cultivateur de profession, souffrant d'une incontinence d'urine depuis cinq ans, est venu à la capitale pour chercher remède à son mal. Un médecin lui ayant dit qu'il avait une pierre, il s'est présenté le 19 mai 1849, à notre clinique de Coumbera-Hané pour se faire opérer. L'ayant cathétérisé, nous avons constaté une pierre assez volumineuse qui était engagée au col de la vessie, ce qui expliquait l'incontinence d'urine à laquelle il était sujet depuis si longtemps.

Le 7 juin, nous l'avons fait venir à l'amphithéâtre pour le soumettre à l'opération; c'est au procédé prostatique de Dupuytren que nous avons donné la préférence. Après l'incision de la prostate avec le lithotome bi-latéral, ayant introduit le doigt indicateur pour bien apprécier le volume ainsi que la forme de la pierre, nous l'avons trouvée excessivement volumineuse. Tous nos efforts pour introduire la tenaille, afin de la saisir et d'en essayer l'extraction, furent inutiles; elle remplissait toute la cavité de la vessie, dont les parois étaient appliquées sur elle. Dès lors, nous avons perdu tout espoir de l'extraire par l'ouverture que nous avions faite et avec une tenaille ordinaire. MM. les professeurs Spitzer et Warthbuchler, nos collègues, furent priés de nous venir aider de leurs conseils. Quand ils eurent introduit le doigt à travers l'ouverture, ils furent étonnés du volume immense de la pierre, et reconnurent comme nous qu'il ne fallait pas songer à l'enlever par la voie déjà ouverte. Alors nous avons cherché à l'écraser, mais bientôt nous avons dû y renoncer, car en vain nous avons essayé à plusieurs reprises d'introduire dans la vessie le brise-pierre de Heurteloup : il a été impossible d'y parvenir pour les raisons que nous avons données plus haut, et pour lesquelles l'introduction de la tenaille n'avait pas pu être effectuée. Il nous a été proposé alors de recourir à la taille sus-pubienne que nous n'avons pas jugé à propos d'adopter.

Nous avons mieux aimé entamer une seconde fois la prostate dans son diamètre inférieur et vertical, en comprenant, dans l'incision, le sphincter de l'anus, selon le procédé de Sanson. Mais, au lieu de faire l'incision du côté du rectum, nous avons préféré agir de dedans au dehors par l'ouverture que nous avions déjà pratiquée. Pour cela, nous avons d'abord introduit un gorgeret dans le rectum, afin de protéger sa paroi postérieure ; nous avons porté ensuite un bistouri pointu à travers l'incision de la prostate jusqu'au col de la vessie, que nous avons perforée dans sa partie postérieure, en inclinant en bas la pointe de notre instrument, qui, une fois arrivé dans la canne-lure du gorgeret, fut amené en avant et divisa tout ce qui se trouvait devant son bord tranchant.

Voici maintenant le mécanisme par lequel nous avons extrait la pierre. La tenaille ne pouvant pas nous servir, malgré ce débridement considérable, un levier fut introduit et porté en haut, derrière le pubis, jusqu'au sommet de la pierre ; lui ayant imprimé alors un mouvement de bascule assez brusque, on entendit un craquement. La pierre était divisée en deux. Le levier, aidé par le doigt indicateur de la main gauche, nous suffit pour enlever un calcul volumineux, dont la surface présentait une facette scabreuse, plus grande qu'une pièce de deux francs, qui annonçait qu'un autre calcul lui était juxtà-posé et adhérent. Le même mécanisme nous servit pour extraire ce dernier. Les deux pierres sont chacune de la grandeur d'un œuf de poule ; réunies, elles ont pesé 50 gros et présentent un volume très considérable et avec une forme raboteuse et irrégulière.

Le malade étant transporté dans son lit, on lui prescrivit une décoction de racines de guimauve et de chiendent pour boisson, et il fut soumis à une diète stricte. Quant à la plaie, on y appliqua tout simplement une éponge imbibée d'eau froide, après avoir pris la précaution de placer sur le lit du malade une toile cirée. Ce moyen simple, qui fut continué pendant 48 heures, non seulement arrêta complétement le sang qui, d'ailleurs, n'avait pas coulé très abondamment pendant l'opération, mais il prévint l'apparition des symptômes inflammatoires, ce que nous avons attribué en partie au débridement considérable de la plaie.

Le 15 du mois, l'urine commença à venir par l'urètre, et c'est alors seulement que nous avons permis au malade un peu de bouillon.

Le 22, à peine quelque peu d'urine vient par la plaie. La nourriture ayant été graduellement un peu plus substantielle, les forces se sont notablement relevées.

Le 1er juillet, le malade s'est promené dans l'hôpital, et ce n'est que quand il se couche sur le dos que quelques gouttes d'urine viennent par la plaie qui, en grande partie, est cicatrisée.

Le 12, Ibrahim, entièrement cicatrisé, quitte l'hôpital.

TAILLE PAR LE PROCÉDÉ PROSTATIQUE DE DUPUYRTEN,

MODIFIÉE EN RAISON DES ADHÉRENCES QUE LA PIERRE AVAIT CONTRACTÉES AVEC LES PAROIS DE LA VESSIE.

Christo-Athanase de Nassilitza (Roumélie), âgé de 26 ans, maçon de profession, d'un tempérament nervoso-bilieux, souffrant depuis plusieurs années d'une incontinence d'urine, est reçu à notre clinique le 19 septembre 1854.

Ayant été interrogé sur son état, il déclare être souffrant du côté des voies urinaires depuis longtemps, mais c'est surtout depuis cinq ans qu'il est tourmenté de douleurs atroces à la vessie, ainsi que d'une incontinence d'urine.

Le cathétérisme et le toucher rectal nous ont fait constater un calcul vésical assez volumineux. Le 23 du même mois, le susnommé Christo fut transporté à l'amphithéâtre pour être opéré. D'après notre habitude, c'est le procédé bi-latéral que nous choisissons.

Après l'incision prostatique, nous constatons par le doigt une pierre assez volumineuse ; nos efforts pour l'enlever ont été infructueux, cela a été attribué au manque de rapport entre le volume de la pierre et la dimension de l'incision prostatique. Aussi, avons-nous pratiqué des débridements à la partie supérieure de la prostate. La difficulté pour l'extraction de la pierre restait la même, il était impossible de la faire avancer. Alors, le doigt introduit dans la vessie, on a reconnu que la pierre adhérait de son côté gauche à la paroi vésicale, circonstance qui, jointe au volume de la pierre, rendait sa sortie impossible par la seule saisie du litholabe ; pour faire cela, il fallait d'abord détruire ses adhérences, ce que le peu d'étendue de la plaie externe rendait impossible. Nous nous adressâmes à notre collègue M. le professeur Archigènes, qui, ayant entendu que nous pratiquions l'opération de la taille, s'était rendu à l'amphithéâtre, et nous le priâmes d'examiner lui-même l'état de la pierre, ce qu'il fit, et il ne tarda pas à reconnaître comme nous son état adhérent ; alors nous lui demandâmes ce que nous devions faire, il n'a pas hésité à nous répondre qu'il croyait le cas propre à recourir à l'incision verticale de la prostate, en comprenant le sphincter, de la manière dont nous avions agi il y a six ans. Nous acceptâmes volontiers son opinion qui était aussi la nôtre, et nous l'exécutâmes à l'instant.

Cette incision facilita énormément les manœuvres, et à l'aide d'une spatule nous détachâmes la pierre, et nous l'avons ensuite extraite facilement avec le litholabe. Examinant ensuite l'intérieur de la vessie

*

par le doigt, nous trouvâmes la paroi gauche où la pierre adhérait, incrustée de substances calcaires que nous enlevâmes à l'aide d'une spatule et avec le doigt. Cette opération, qui avait été déjà assez longue, fut terminée par quelques injections d'eau froide ; l'hémorrhagie, qui a été relativement peu abondante, s'arrêta par l'application également d'eau froide. Le malade fut transporté à son lit ; deux grains d'extrait gommeux d'opium lui ont été administrés pour calmer les douleurs et l'excitation nerveuse, ce que nous faisons en général pour les opérations un peu graves.

Le calcul extrait, de composition calcaire, de forme ovale aplatie, pesait soixante-sept grammes.

Les jours suivants, le malade a été bien, et la fièvre traumatique était modérée ; elle nous a permis de le nourrir dès le troisième jour.

Le 22 octobre, il accuse des douleurs du côté des bourses, qui sont tuméfiées, rouges et sensibles au toucher. Une potion rafraîchissante et l'application de l'eau blanche ont apaisé cette légère complication, et après quelques jours, le malade se trouva bien, et la cicatrice de la plaie se faisait rapidement.

Le 9 décembre, de nouveau, gonflement érysipélateux des bourses, douleurs lancinantes vives, fièvre et insomnie. 20 sangsues aux aines, cataplasmes émollients, potion nitrée. Le 25, une suppuration s'est présentée sur le scrotum, du côté droit ; une ponction a donné issue à une quantité abondante de pus crémeux, qui a beaucoup soulagé le malade ; la glande est engorgée et dure. Les moyens résolutifs ont suffi pour donner une terminaison heureuse à cet engorgement, et dès-lors, aucune complication, aucun accident n'entravèrent la marche vers la guérison.

A cette époque, MM. les professeurs Scoutetten et Mounier, ayant visité l'École impériale de médecine, ont parcouru aussi notre Clinique, et eurent l'occasion de voir le malade en question, dont la plaie, déjà bien rétrécie, consistait en une fistule au-devant de l'anus, à travers laquelle une petite quantité d'urine s'écoulait lors de la miction, la plus grande partie parcourant les voies naturelles.

Le 12-24 février, l'inspecteur général de l'armée d'Orient, M. M. Lévy, ayant honoré notre École de sa visite, eut aussi l'occasion de voir le malade et le calcul, et après un examen attentif de l'état du périnée, il a constaté lui-même que la fistule était extrêmement rétrécie.

Le seul moyen que nous avons employé contre l'ouverture qui donnait un peu d'urine pendant la miction, et qui avait pris une apparence fistulaire, était le nitrate d'argent, avec lequel nous pratiquions des cautérisations de temps en temps.

A l'approche des fêtes de Pâques, le malade nous demanda congé pour aller auprès de ses parents, ce que nous lui avons accordé, avec recommandation toutefois de revenir afin de constater l'état de la fistule devenue déjà minime.

Avant de quitter notre hôpital, le malade a eu de fréquentes érections et quelques pollutions nocturnes. Nous faisons cette remarque, parce que M. le professeur Mounier, lors de sa visite, nous avait demandé si le malade avait eu de pareils phénomènes.

Vers la fin du mois de mars, nous avons eu occasion de voir encore notre malade. La fistule n'existait plus, et il nous quitta en pleine santé.

Nous avons cru devoir rapporter l'histoire détaillée de ces deux cas rares à cette Académie impériale ; car, selon nous, elle peut servir à éclairer sur deux points capitaux la conduite du chirurgien placé dans de pareilles circonstances. Les deux points sont les suivants : 1° doit-il ou non agir pour terminer immédiatement l'opération ? 2° de quelle manière doit-il la terminer ?

Dans notre carrière médicale, c'est la seconde fois qu'un cas pareil, sous le rapport du volume de la pierre, s'est présenté à nous, le premier en 1827 ou 1828, à la clinique de Dupuytren. C'était par la taille bi-latérale, son procédé favori, que le célèbre professeur avait opéré. Après plusieurs essais infructueux pour enlever la pierre, il se décida à abandonner le malade pour le soumettre le lendemain à la taille sus-pubienne. Le jour suivant, il nous jeta sur la table une pierre très volumineuse, en nous disant : « Voilà, Messieurs, la pierre que nous n'avons pas pu extraire hier. » On n'a pas su si la pierre avait été enlevée avant ou après la mort de l'individu, car il avait déjà succombé.

Maintenant, nous pensons que si ce grand-maître avait agi comme nous, le malade, très probablement, aurait été sauvé. En effet, en différant l'opération, non seulement on ne gagne rien, mais au contraire on perd un temps précieux, car on est obligé ensuite d'agir sur un organe qui se trouve dans des circonstances beaucoup moins favorables, et, ce qui est pis, le malade, en général, succombe dans l'intervalle, soit à cause de l'épuisement nerveux, soit à la suite d'une phlébite, qui, dans de pareilles circonstances, pourrait se développer avec une rapidité étonnante. Ainsi, pour nous, dans des cas semblables, l'action immédiate est un point décidé; se conduire autrement, c'est exposer le malade à des dangers réels.

Quant à l'extraction de la pierre, lorsqu'elle présente de très grandes dimensions, comme dans notre cas, et qu'on n'a pu réussir à l'écraser pour la retirer en morceaux par l'ouverture périnéale, c'est au procédé que nous avons employé qu'il faut recourir, c'est-à-dire à l'incision verticale de la partie inférieure de la prostate, en y comprenant le sphincter de l'anus. Cette incision ne rend aucunement l'opération plus grave, au contraire, elle facilite singulièrement la sortie des calculs les plus volumineux.

Quant au reproche qu'on pourrait faire à ce procédé de laisser à la suite une fistule urinaire, nous dirons que cette conséquence, fâcheuse d'abord, ne s'observe pas toujours (notre cas le prouve), et puis, lors même que la fistule aurait lieu, comme elle ne s'établirait probablement que derrière le sphincter de l'anus, ce serait un bien petit mal en présence des dangers réels auxquels le malade se trouve exposé, et, en comparaison des inconvénients bien plus sérieux qu'on aurait à craindre si on tentait la taille sus-pubienne, qui, non seulement embarrasserait tout autant l'opérateur pour l'extraction d'une pierre volumineuse et irrégulière, mais qui pourrait occasionner des accidents fâcheux, à cause de l'étendue qu'il faudrait donner à l'incision de la vessie. Celle-ci ne pourrait être effectuée sans décoller le péritoine, et sans rendre inévitables les suites dangereuses des infiltrations urinaires.

La seconde histoire confirme pleinement ces réflexions, et démontre de plus que la facilité dans la manœuvre contribue puissamment à une issue heureuse, même dans les cas qui sont accompagnés de circonstances défavorables et compromettantes.

La permanence d'une fistule urinaire qu'on aurait pu craindre n'eut lieu ni dans l'un ni dans l'autre cas.

Reste à savoir si, dans cette incision, les conduits éjaculatoires sont lésés. L'inflammation survenue à l'un des testicules chez l'opéré de notre seconde observation, semblerait le prouver ; en tous cas, cette lésion ne pourrait atteindre qu'un seul des deux conduits.

Constantin CARATHÉODORY,

Docteur en Médecine, Médecin de S. M. I. le Sultan, Professeur de Pathologie et de Clinique externes à l'Ecole de Médecine de Constantinople.

RAPPORT FAIT A L'ACADÉMIE IMPÉRIALE DE MÉDECINE DE FRANCE,

Dans sa séance du 4 mars 1856,

PAR UNE COMMISSION COMPOSÉE

DE MM. HERVEZ DE CHÉGOIN, AMUSSAT ET SÉGALAS, RAPPORTEUR.

Le travail dont j'ai à vous rendre compte, dit M. Ségalas, a été lu à cette tribune, le 24 juillet dernier, par son auteur, M. Carathéodory, médecin du sultan, professeur de pathologie et de clinique externes à l'École de médecine de Constantinople. Il a pour titre : *Observations de deux cas de taille par le procédé bi-latéral de Dupuytren, modifié en raison des circonstances exceptionnelles qui ont été découvertes sous le couteau.*

Ce travail se compose de trois parties : une première, où M. Carathéodory indique comment il a été amené d'urgence à modifier le procédé de taille bilatérale de notre grand-maître ; une seconde, où sont exposés avec détails les deux faits observés, et une troisième qui contient les réflexions auxquelles ils ont donné lieu. Nous allons les passer en revue toutes les trois.

M. Carathéodory raconte que deux cas de pierre vésicale présentant des conditions exceptionnelles, l'un sous le rapport du volume de la pierre, et l'autre à cause des adhérences que cette dernière avait contractées avec les parois de la vessie, ont été reçus dans sa clinique, le premier en 1849, et le second dans le courant de l'hiver dernier.

Ces conditions n'avaient pas été appréciées d'avance ; elles ne furent constatées que lorsque, pendant l'opération (procédé prostatique bi-latéral), on put introduire le doigt dans la vessie.

Après des tentatives infructueuses et réitérées d'extraction, M. Carathéodory eut l'idée, dans le premier cas, d'inciser la prostate en bas, sur la ligne médiane, et tout aussitôt l'opération put être terminée sans difficulté. Il en fut de même dans le deuxième cas ; le même moyen réussit parfaitement lorsque le chirurgien y eut recours, à la suite d'inutiles efforts pour détacher le corps étranger.

Ce dernier résultat a été vérifié par trois de nos médecins militaires ; d'abord par MM. les professeurs Mounier et Scoutetten, et ensuite par notre honorable vice-président, M. Michel Lévy, lors de leur visite à l'hôpital de M. Carathéodory.

Ce chirurgien fait remarquer que la modification qu'il a apportée au procédé bi-latéral de Dupuytren, quelque hasardeuse qu'elle paraisse de prime-abord, a, de fait, été couronnée d'un plein succès, et n'a été accompagnée ni suivie d'aucun accident. Il est dans la conviction que, pour des cas compliqués et exceptionnels, ce procédé serait celui qui, tout en facilitant la manœuvre pour l'extraction de la pierre, exposerait le malade à moins de danger. Il croit, dit-il, remplir un devoir en le soumettant au jugement de ce corps savant, tribunal suprême en ces matières, et dont plusieurs membres illustres ont été jadis ses maîtres.

Effectivement, M. Carathéodory, Grec d'origine,

comme l'indique son nom, est un ancien et excellent élève de l'école de Paris.

Passons avec lui aux faits observés.

OBSERVATION I.

TAILLE PAR LE PROCÉDÉ PROSTATIQUE DE DUPUYTREN, MODIFIÉ EN RAISON DU VOLUME ÉNORME DE LA PIERRE.

Un cultivateur des environs de Brousse, Hussein Ibrahim, âgé de trente ans, affecté d'une incontinence d'urine depuis cinq ans, vint à Constantinople pour chercher un remède à son mal. Un médecin lui ayant dit qu'il avait la pierre, il se présenta à la clinique de M. Carathéodory pour se faire opérer. Ce chirurgien constata l'existence, dans la vessie, d'une pierre volumineuse, engagée dans le col.

Entré le 19 mai 1849, Ibrahim fut conduit à l'amphithéâtre le 7 juin, pour être soumis à la taille bilatérale. Après l'incision de la prostate avec le lithotome à deux lames, le doigt indicateur fit d'abord reconnaître que la pierre était excessivement volumineuse, puis tous les efforts pour introduire les tenettes restèrent vains ; la vessie était remplie par le corps étranger. Dès lors, M. Carathéodory perdit tout espoir de l'extraire par l'ouverture faite, et son opinion fut bientôt partagée par MM. les professeurs Spitzer et Harthbuchler, ses collègues. On voulut procéder à l'application du percuteur ; mais ce fut en vain qu'on essaya d'introduire cet instrument ; il fallut y renoncer.

La taille sus-pubienne fut proposée. L'opérateur ne crut pas devoir l'accepter. Il s'empressa de donner suite à une idée qu'il venait de concevoir à l'instant même, celle d'entamer la prostate dans son rayon inférieur et vertical, en comprenant dans l'incision le sphincter de l'anus, selon le procédé de Samson. Mais, au lieu de commencer l'incision du côté du rectum, il préféra agir de dedans en dehors par l'ouverture déjà pratiquée.

Pour cela, il introduisit un gorgeret dans le rectum, afin de protéger sa partie postérieure ; il porta ensuite un bistouri à travers l'incision de la prostate jusqu'au col de la vessie, et perfora celui-ci dans sa partie postérieure, en inclinant en bas la pointe de l'instrument qui, une fois arrivé dans la cannelure du gorgeret, fut amené en avant, et divisa tout ce qui se trouvait devant son bord tranchant.

La pierre fut extraite, à l'aide d'un levier, sans trop de difficultés, mais en deux morceaux, chacun de la grosseur d'un œuf de poule, et pesant ensemble 50 gros. Leur forme était irrégulière, et leur surface raboteuse.

Transporté dans son lit, le malade fut tenu à une diète sévère, et mis à l'usage d'une décoction de racine de guimauve et de chiendent pour boisson. Quant à la plaie, on y appliqua tout simplement une éponge imbibée d'eau froide. Sous l'influence de ce moyen, qui fut continué pendant quarante-huit heures, l'écoulememt de sang, d'ailleurs peu abondant, fut suspendu, et les symptômes inflammatoires passèrent inaperçus.

Le 15, huit jours après l'opération, l'urine commençait à sortir par l'urètre, et ce fut alors seulement que le malade fut autorisé à prendre un peu de bouillon.

Le 22, il s'écoulait un peu d'urine par la plaie. La nourriture ayant été graduellement plus substantielle, les forces s'étaient déjà notablement relevées.

Le 1er juillet, le malade se promenait dans l'hôpital, et ce n'était que quand il se couchait sur le dos que quelques gouttes d'urine s'échappaient par la plaie, qui, en grande partie, était cicatrisée.

Le 12, Ibrahim était complétement guéri.

OBSERVATION II.

TAILLE PAR LE PROCÉDÉ PROSTATIQUE DE DUPUYTREN, MODIFIÉ EN RAISON DES ADHÉRENCES QUE LA PIERRE AVAIT CONTRACTÉES AVEC LES PAROIS DE LA VESSIE.

Christo, maçon, âgé de 26 ans, fut admis à la Clinique de M. Carathéodory, le 19 septembre 1854. Il était affecté d'une incontinence d'urine, et se plaignait de souffrir des voies urinaires depuis longtemps. Il disait éprouver depuis cinq ans des douleurs atroces dans la vessie. Le cathétérisme y fit constater la présence d'une pierre assez volumineuse.

Le 13, il fut transporté à l'amphithéâtre, pour y être opéré par le procédé bilatéral de Dupuytren, qui est celui qu'emploie ordinairement M. Carathéodory.

Après l'incision protastique, ce chirurgien fit de vains efforts pour extraire la pierre, ce qu'il attribua au défaut de rapports entre son volume et la dimension de l'ouverture faite à la prostate. Un débridement en haut ayant laissé la même difficulté, l'opérateur reconnut, avec le doigt introduit dans la vessie, que la pierre adhérait de son côté gauche à la paroi vésicale, circonstance qui, jointe au volume, rendait sa sortie impossible. Alors, avec l'assentiment de son collègue, M. le professeur Archigènes, venu spontanément pour assister à l'opération, M. Carathéodory eut recours à l'incision verticale de la prostate, en y comprenant le sphincter de l'anus, de la même manière que dans la première observation.

Cette incision facilita beaucoup les manœuvres; la pierre fut détachée à l'aide d'une spatule, puis extraite facilement avec les tenettes. A l'examen de l'intérieur de la vessie, la paroi gauche, où la pierre adhérait, fut trouvée incrustée de substances calcaires, qui furent enlevées avec le doigt et la spatule. L'opération fut terminée par quelques injections d'eau froide. L'écoulement de sang, d'ailleurs peu abondant, fut ensuite combattu et arrêté par des applications froides.

Conformément à son habitude, après les opérations un peu graves, M. Carathéodory fit prendre au malade deux grains d'extrait gommeux d'opium.

Le calcul extrait, de composition calcaire et de forme ovale aplatie, pesait 67 grammes.

Les jours suivants, le malade alla bien; la fièvre traumatique ayant été modérée on put le nourrir dès le troisième jour.

Le 22 octobre, il accusa des douleurs aux bourses, qui étaient tuméfiées, rouges et sensibles au toucher. L'eau blanche apaisa ce léger accident, et, quelques jours après, le malade se trouvait bien; la cicatrisation de la plaie se faisait rapidement.

Cependant, le 9 décembre, il se manifesta un gonflement érysipélateux des bourses, avec douleurs lancinantes vives, fièvre et insomnie. On appliqua vingt sangsues aux aines et l'on fit usage de cataplasmes émollients et d'une potion nitrée.

Le 25, un abcès s'étant formé sous le scrotum, du côté droit, une ponction donna issue à une quantité abondante de pus crémeux, ce qui soulagea beaucoup le malade. La glande était engorgée et dure.

Les moyens résolutifs suffirent pour amener une terminaison heureuse de cet engorgement, et dès lors, aucune complication, aucun accident ne vint plus entraver la marche vers la guérison.

C'est à cette époque que MM. les professeurs Scoutetten et Mounier ont vu le malade et pu constater que la plaie, déjà rétrécie, constituait une fistule au-devant de l'anus, à travers laquelle une petite quantité d'urine s'écoulait lors de la miction, la plus grande partie parcourant les voies naturelles.

Le 24 février, l'inspecteur général de l'armée d'Orient, M. Michel Lévy, examina le malade et la pierre, et constata que la fistule était extrêmement rétrécie. Celle-ci, sous l'influence de cautérisations répétées avec le nitrate d'argent, se rétrécit de plus en plus, et le malade quitta l'hôpital à l'approche des fêtes de Pâques. A cette époque, il avait eu déjà de fréquentes érections et quelques pollutions nocturnes.

Vers la fin du mois de mars, M. Carathéodory a eu l'occasion de revoir Christo : la fistule était complétement guérie.

M. Carathéodory pense que ces deux faits autorisent à agir comme lui toutes les fois qu'on se trouve dans des conditions semblables aux siennes. A l'appui de cette opinion, relativement aux pierres volumineuses, il rapporte dans les termes suivants un résultat malheureux, dont il a été témoin en 1827 ou 1828, alors qu'il suivait la clinique de Dupuytren.

« C'était, dit-il, par la taille bi-latérale, son procédé favori, que le célèbre professeur avait opéré. Après plusieurs essais infructueux pour enlever la pierre, il se décida à abandonner le malade, pour le soumettre le lendemain à la taille sus-pubienne. Le jour suivant, il nous jeta sur la table une pierre très volumineuse, en nous disant : « Voilà, Messieurs, la pierre que nous n'avons pu extraire hier. » On n'a pas su, ajoute M. Carathéodory, si la pierre avait été enlevée avant ou après la mort de l'individu, car il avait déjà succombé. »

M. Carathéodory estime que si notre grand chirurgien avait agi comme lui, le malade très probablement aurait été sauvé. Il croit que l'incision verticale de la partie inférieure de la prostate, en y comprenant le sphincter de l'anus, ne rend jamais l'opération plus grave et qu'elle facilite singulièrement la la sortie des calculs.

M. Vidal (de Cassis) a dit, à l'occasion de sa taille quadrilatérale : *pour les petites pierres, une seule incision; pour les moyennes, deux petites incisions ; pour les grosses, quatre petites incisions.* M. Carathéodory, en pratiquant trois incisions, a rempli, avec habileté et bonheur, la lacune laissée par notre savant et spirituel confrère. Ajoutons que la direction qu'il a choisie pour la troisième incision est évidemment la plus favorable à l'extraction des corps volumineux, et pourra souvent, nous le pensons du moins, éviter de recourir à une quatrième.

M. Carathéodory ne se dissimule point que l'incision verticale de la prostate, telle qu'il l'indique, expose aux fistules urinaires ; mais, outre que cet accident n'a pas eu de durée dans les deux tailles faites par lui, il fait remarquer que la fistule, si elle persistait, ne se trouverait probablement que derrière le sphincter de l'anus, et constituerait un très petit mal, en comparaison des dangers auxquels le malade serait exposé si on opérait autrement.

Quant à la lésion des conduits éjaculateurs, que

semble indiquer l'inflammation du testicule observée chez le second malade, elle ne peut guère avoir lieu que sur l'un des conduits, et d'ailleurs l'exemple de ce même malade semble annoncer qu'elle ne troublerait point les fonctions génitales.

Le procédé employé et conseillé par M. Carathéodory nous paraît être une addition utile à la taille bilatérale, soit qu'il s'agisse de pierres très volumineuses, soit que l'on ait affaire à des pierres enkystées.

Nous pensons qu'il sera bien de le mettre en usage, lorsque, comme M. Carathéodory, on se trouvera inopinément en présence de telles conditions.

Dans l'hypothèse où on les aurait constatées d'avance, on pourrait se demander s'il ne serait pas mieux de recourir à la taille sus-pubienne, qui, de toutes les tailles, est celle qui permet d'ouvrir la voie la plus large aux grosses pierres, et donne le plus de facilité pour les recherches et les manœuvres à faire dans la vessie.

Véritable association de la taille bi-latérale de Dupuytren et de la taille médiane prostatique de Sanson, l'opération de M. Carathéodory présente la réunion des avantages et des inconvénients de ces deux procédés. Complexe de sa nature, elle sera une ressource précieuse pour les chirurgiens, mais une ressource que, probablement, à l'exemple de l'auteur, ils jugeront convenable de réserver pour des cas exceptionnels.

Ces limites posées relativement à l'application du

nouveau procédé de taille, nous proposons à l'Académie :

De remercier M. Carathéodory de son intéressante communication, et nous appelons sur ce chirurgien l'attention spéciale de la commission qui sera chargée de former la liste des candidats aux places d'associés étrangers.

Ces conclusions sont adoptées.

Paris. — Typographie FÉLIX MALTESTE et Cie, rue des Deux-Portes-Saint-Sauveur, 22.